Des fleurs pour Angélina

À mon frère Wally, celui qui
m'a montré combien la différence
peut être merveilleuse.
— J. W.

À Kathleen, ma mère — S. A.

Barefoot Books
2067 Massachusetts Avenue
Cambridge, MA 02140

Publié pour la première fois aux États-Unis d'Amérique
par Barefoot Books, Inc en 2005
L'édition française en couverture souple a été
publiée pour la première fois en 2017
Tous droits réservés

Traduction de Christiane Duchesne
Conception graphique de Jemima Lumley, Bristol
Séparation des couleurs de Bright Arts, Hong Kong
Achevé d'imprimer en Chine sur papier 100% exempt d'acide
Ce livre a été composé en Celestia Antiqua
Les illustrations ont été réalisées en acrylique sur bois

ISBN 978-1-78285-142-4

Données de catalogage avant publication de la
Library of Congress disponibles sur demande

1 3 5 7 9 8 6 4 2

Des fleurs pour Angélina

Texte de Jen Wojtowicz

Illustrations de Steve Adams

Texte français de
Christiane Duchesne

Barefoot Books
step inside a story

Là où vivait Ricaud Lamalou, la route pavée
était devenue route de terre, et la route
de terre s'était transformée en sentier.

Ce sentier coupait entre les vieux arbres
d'une sombre forêt, enjambait le ruisseau
du Grand Ours, filait tout droit vers
le mont Solitaire, bifurquait sur
la droite et s'arrêtait juste devant la maison
de la famille Lamalou.

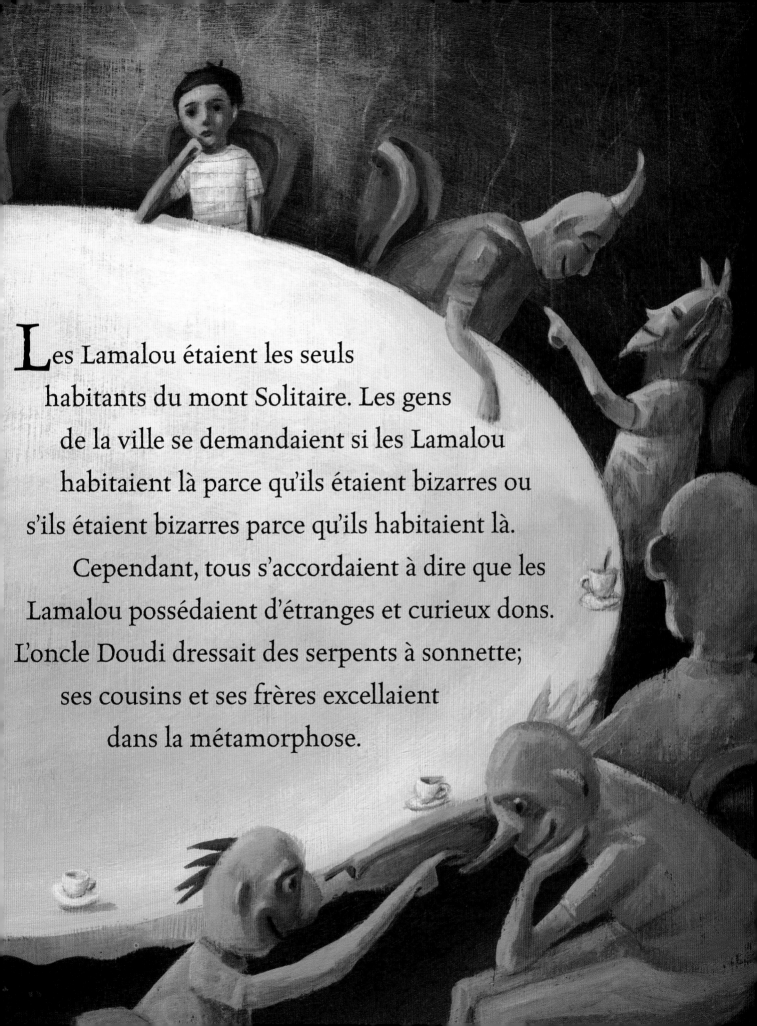

Les Lamalou étaient les seuls
habitants du mont Solitaire. Les gens
de la ville se demandaient si les Lamalou
habitaient là parce qu'ils étaient bizarres ou
s'ils étaient bizarres parce qu'ils habitaient là.
Cependant, tous s'accordaient à dire que les
Lamalou possédaient d'étranges et curieux dons.
L'oncle Doudi dressait des serpents à sonnette;
ses cousins et ses frères excellaient
dans la métamorphose.

Mais c'était Ricaud qui possédait le don
le plus extravagant: à la pleine lune,
son corps se couvrait de fleurs, les fleurs
les plus jolies, les plus parfumées,
celles qui duraient le plus longtemps . . .
C'était magnifique à voir!

Certains enfants seraient restés cloués au lit
s'il leur était arrivé de fleurir, mais Ricaud,
non. Chaque lendemain de pleine lune,
sa maman coupait délicatement les fleurs qui
avaient poussé sur lui. Puis Ricaud filait à l'école.

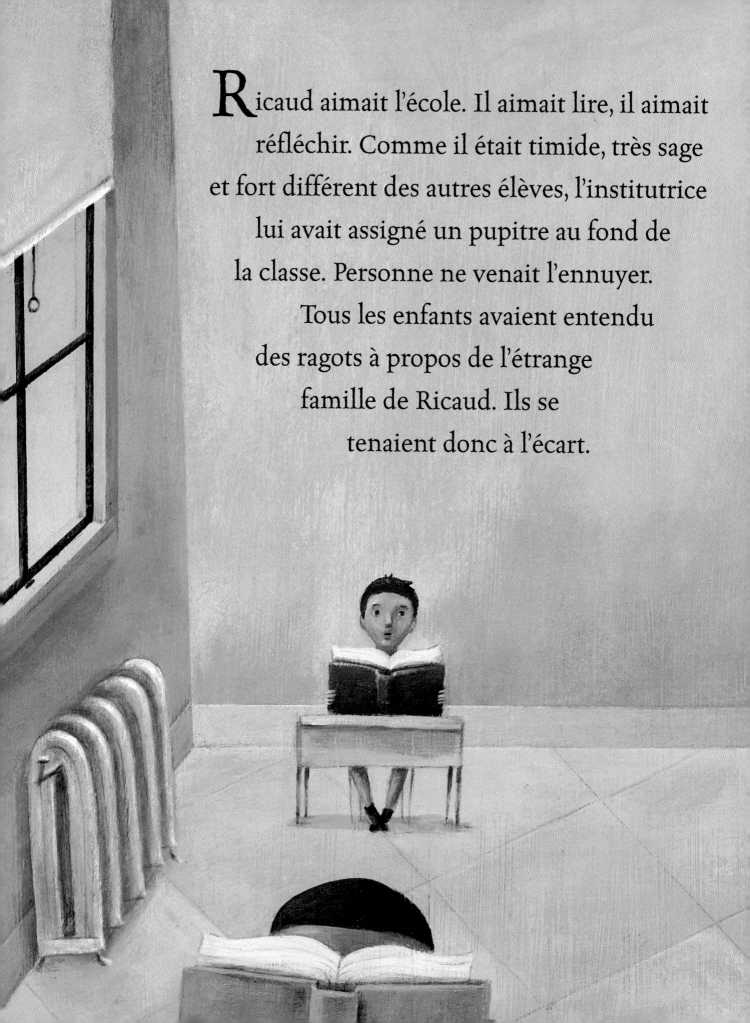

Ricaud aimait l'école. Il aimait lire, il aimait réfléchir. Comme il était timide, très sage et fort différent des autres élèves, l'institutrice lui avait assigné un pupitre au fond de la classe. Personne ne venait l'ennuyer. Tous les enfants avaient entendu des ragots à propos de l'étrange famille de Ricaud. Ils se tenaient donc à l'écart.

Un jour, arriva Angélina Muze.
Ses parents étaient danseurs
de tango et venaient de s'installer
dans la région. Elle était douce et
gentille, elle avait un sourire
lumineux, et sa jambe droite
était plus courte que sa jambe
gauche de deux centimètres.
Elle portait une fleur
derrière l'oreille droite.
Elle plut tout de suite à Ricaud.

Les autres élèves l'aimèrent eux aussi. Angélina était toujours entourée d'amis. Ricaud l'observait à distance. «Elle est franche, sincère et vraiment gentille», remarqua-t-il. Ricaud ne pouvait s'empêcher d'admirer chaque jour la nouvelle fleur derrière l'oreille d'Angélina, qui était aussi jolie qu'elle.

Angélina Muze se demandait bien qui était ce garçon si sage, assis tout seul au fond de la classe. Elle s'informa auprès des autres.

– Son oncle Doudi élève un serpent à sonnette qu'il a appelé la Grosse Lulu et qui dort au pied de son lit, siffla Bébert Lampion.

– Et le sac à main de sa mère, c'est un étui à boule de quilles, ricana Nana Lalou.

– Et sa grand-mère a été élevée par des loups! ajouta Rinette Bidon dans une sorte de hennissement.

Cela ne fit pas rire Angélina.

– Pourquoi est-ce que personne ne lui parle? demanda-t-elle.

Aucun ne répondit. La question leur chatouilla l'esprit.

Un après-midi, l'institutrice annonça que la soirée
de danse de l'école aurait lieu le samedi suivant
dans la salle paroissiale.
Plus d'un garçon de la classe demanda à Angélina de
l'accompagner, mais chaque fois celle-ci secouait la tête.

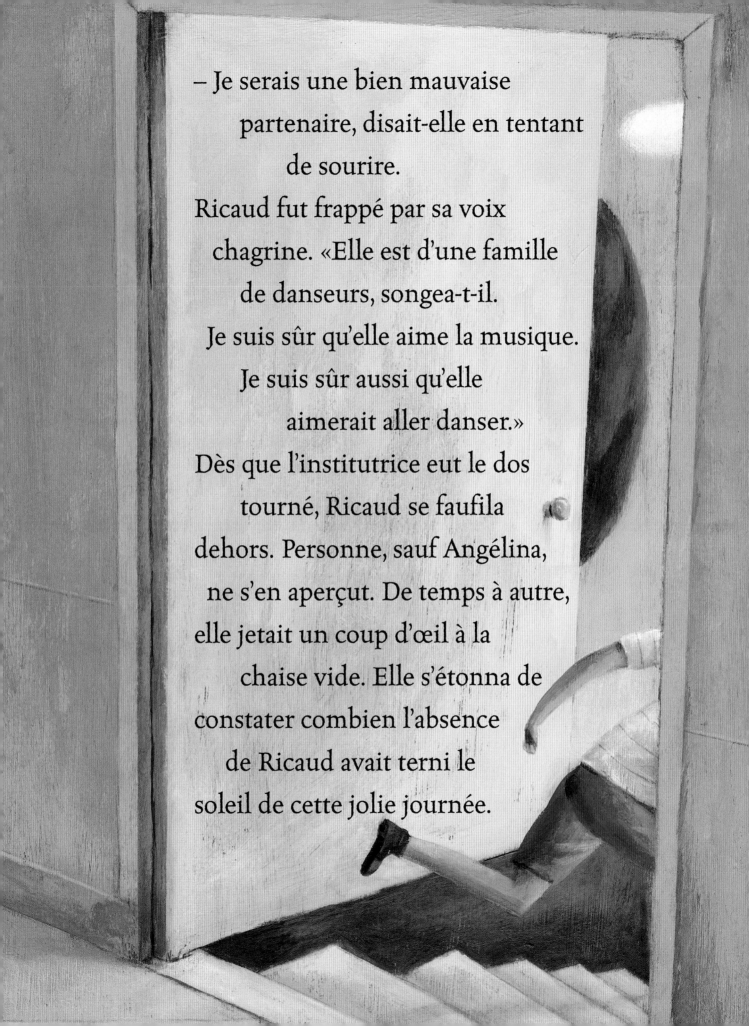

– Je serais une bien mauvaise
partenaire, disait-elle en tentant
de sourire.
Ricaud fut frappé par sa voix
chagrine. «Elle est d'une famille
de danseurs, songea-t-il.
Je suis sûr qu'elle aime la musique.
Je suis sûr aussi qu'elle
aimerait aller danser.»
Dès que l'institutrice eut le dos
tourné, Ricaud se faufila
dehors. Personne, sauf Angélina,
ne s'en aperçut. De temps à autre,
elle jetait un coup d'œil à la
chaise vide. Elle s'étonna de
constater combien l'absence
de Ricaud avait terni le
soleil de cette jolie journée.

Lorsque Ricaud arriva chez lui sur le mont Solitaire, il s'en fut droit à la chambre de son oncle Doudi. Il fouilla sous le lit pour trouver quelques mètres de l'ancienne peau de la Grosse Lulu.

Puis, dans le sac à main boule-de-quilles de sa maman, il trouva une aiguille et une bobine de fil de soie. Dans le placard-fouillis de la cuisine, il trouva une vieille selle d'âne.

Ricaud s'assit et fit le vide dans son esprit.
Il pensa très attentivement aux pieds
d'Angélina. Il imagina leur forme et
leur taille, imagina aussi l'espace
entre le sol et son pied droit. Puis il se mit
à découper, à coudre et à coller. De ce
jeudi après-midi jusqu'au samedi
matin, il travailla sans relâche.

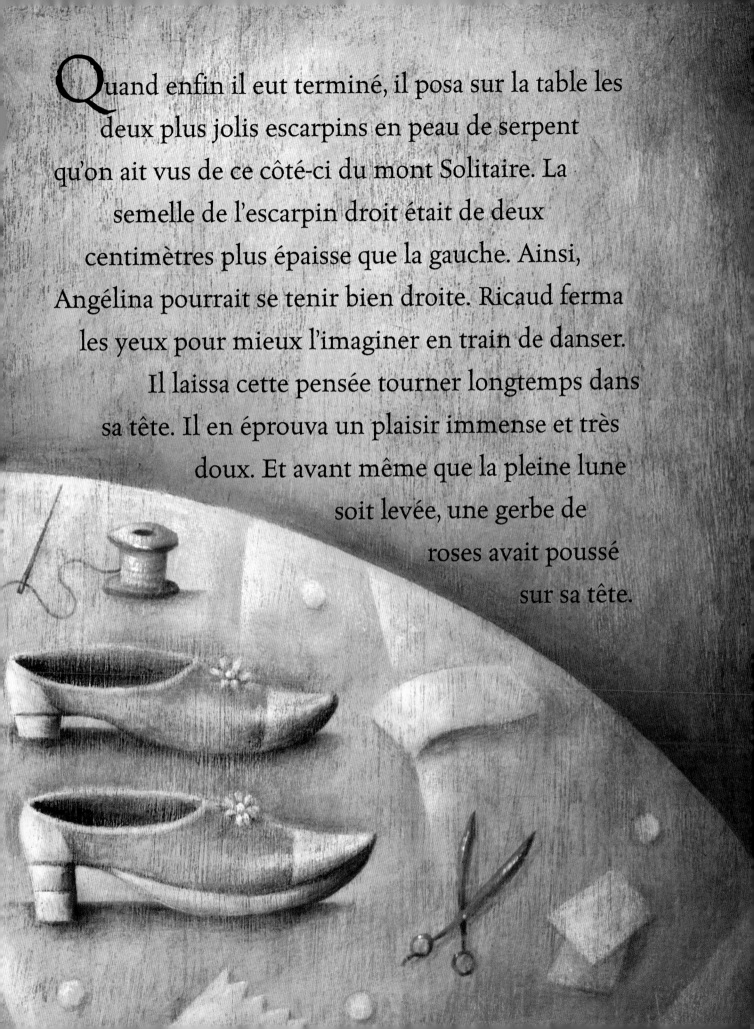

Quand enfin il eut terminé, il posa sur la table les
deux plus jolis escarpins en peau de serpent
qu'on ait vus de ce côté-ci du mont Solitaire. La
semelle de l'escarpin droit était de deux
centimètres plus épaisse que la gauche. Ainsi,
Angélina pourrait se tenir bien droite. Ricaud ferma
les yeux pour mieux l'imaginer en train de danser.
Il laissa cette pensée tourner longtemps dans
sa tête. Il en éprouva un plaisir immense et très
doux. Et avant même que la pleine lune
soit levée, une gerbe de
roses avait poussé
sur sa tête.

Cet après-midi-là, Ricaud suivit le sentier,
traversa la forêt et le ruisseau du Grand Ours,
prit la route de terre, puis la route pavée
qui serpentait vers une colline. À mi-chemin,
il ouvrit une petite grille et emprunta l'allée
qui menait droit à la porte de son amie.

Angélina aidait sa maman à coudre une robe
de tango très extravagante. La maison était
calme, et chaque clic des ciseaux lui donnait
un petit coup au cœur. Elle pensa à Ricaud:
il lui manquait depuis jeudi.

Lorsque Angélina entendit frapper à la porte,
elle sursauta. Ricaud était là, un bouquet de
roses dans la main droite, une paire d'escarpins
en peau de serpent dans la main gauche.

– C'est pour toi, dit-il. Si tu portes ces
chaussures, tu pourras danser parfaitement.

Angélina fit bouger ses orteils nus dans les
escarpins. Pour la première fois de sa vie,
elle pouvait se tenir bien droite. Elle avança
le pied, puis l'autre, et esquissa un pas
de danse. Le plaisir se lisait dans ses yeux.

— Tu seras mon partenaire? demanda Angélina.
– Je ne connais pas les pas de ces danses-là,
dit timidement Ricaud.
– Je vais te montrer! s'écria-t-elle. Depuis le temps
que je regarde danser mes parents, je connais
tous les pas par cœur.
Elle le prit par la main, et ils se mirent
à danser sur le chemin.

Après la danse, Ricaud ramena Angélina
chez elle. Ils s'arrêtèrent en route et
s'assirent sous un vieux cotonnier.
Angélina parla de sa famille,
et Ricaud de la sienne.

Angélina sourit, radieuse.
Elle se pencha pour montrer à Ricaud
comment la fleur poussait
derrière son oreille ...

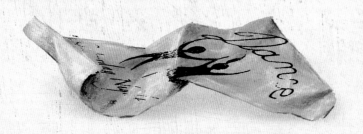

Dès cet instant, Angélina Muze et
Ricaud Lamalou devinrent les meilleurs
amis du monde. Angélina portait
ses escarpins de peau de serpent chaque
jour. Lorsqu'ils furent usés, Ricaud lui
en fabriqua de nouveaux.
Il y a maintenant vingt-quatre ans que
Ricaud fabrique les chaussures d'Angélina.
Ils ont une maison sur le haut du mont
Solitaire, aujourd'hui rebaptisé la
colline Mille-Fleurs. Ils vivent de jardinage,
et c'est une vraie entreprise familiale,
car chacun de leurs sept enfants
est né avec le pouce vert.